KB272273

땅의 별, 마음의 별

땅의 별, 마음의 별

발행일	2026년 3월 30일
지은이	고경봉
펴낸이	손형국
펴낸곳	(주)북랩

출판등록	2004. 12. 1(제2012-000051호)
주소	서울특별시 금천구 가산디지털 1로 168, 우림라이온스밸리 B동 B111호, B113~115호
홈페이지	www.book.co.kr
전화번호	(02)2026-5777 팩스 (02)3159-9637

ISBN   979-11-7598-195-9 03810 (종이책)   979-11-7598-196-6 05810 (전자책)

잘못된 책은 구입한 곳에서 교환해드립니다.

이 책은 저작권법에 따라 보호받는 저작물이므로 무단 전재와 복제를 금합니다.

본 도서는 (주)북랩이 보유한 리코 인쇄 장비 등 자체 생산 인프라를 통해 제작되었습니다.

작가 연락처 문의 ▸ ask.book.co.kr

전용 게시판에 문의를 남기시면 저자에게 직접 전달됩니다.

(주)북랩 성공출판의 파트너

북랩 홈페이지와 SNS에서 다양한 출판 솔루션을 만나 보세요!

홈페이지 book.co.kr   •   **블로그** blog.naver.com/essaybook   •   **출판문의** text@book.co.kr

카톡채널 북랩

땅의 별,
마음의 별

고경봉 시집

북랩

시(poem)의 어원이 헬라어(그리스어)로 포이에마(poiema)다. 이 말은 '만들어진 것', 즉 작품이란 뜻이다. 하나님은 우리를 만드셨다(에베소서 2:10). 그런 점에서 우리는 하나님의 작품이고 시라고 할 수 있다.

사람의 영혼은 여호와의 등불이다(잠언 20:27). 영혼을 통해 하나님은 우리와 대화를 하시며 그리스도 예수 안에서 선한 일을 하길 원하신다. 세 번째 시집『땅의 별, 마음의 별』이 많은 사람들에게 하나님 나라를 경험하고, 하나님의 사랑을 가까이서 느낄 수 있게 해 주길 소망해 본다.

2026년 3월
한물결 고경봉

영
혼

깨달음

나를 찾아온
손녀의 첫마디가
할아버지~
나도
하늘을 향해 불러본다
하나님 아버지~
하늘이 귀를 세우고
내려온다

마음의 문

보이지 않고
만져지지 않는 문이
열리고 닫히는 신비
소리 없이 들어와
닫혀 있는 마음들을
열어 주는 목소리는
또 다른 신비
간절함이 열쇠
벌에게 문 열어 준
꽃처럼

동행

바다 속을 헤집고 다니는
부부와 함께
바다 밑으로 들어갈 땐
두려운 줄 몰랐건만
그림 같은 바다 속 경치
다시 보고파
혼자 뛰어들었다가
헉헉대며 되돌아 나왔네
천상의 경치를 보고 싶어도
혼자서는 못 갈 것 같아
돕는 손길 달라고
기도해야겠다

만나는 손길

잠에서 깨어난 이슬이
보석처럼 빛나고
창가에 매달린 빗방울은
바다되어 출렁인다
작은 자에게 쏟는 사랑은
닫힌 하늘 문을 열고
작은 것이 만나는 손길로
하늘에 닿으며
빈 가슴을 가득가득 채운다

기적

아찔했던 순간들 어른거리고
눈앞이 캄캄했을 때
누군가 빛을 내어
새 지평 열어 주었네
내 땀방울로 맺힌
열매라고 믿었던 것들
부끄럽기만 --
지금도 기적은
함께 가고 있을 뿐
말이 없다
내가 누구이길래
무엇이길래

사람이란

먼지로 빚어졌어도
세상 지으신 이를 닮았고
시들어 버릴 풀잎이지만
꿈을 먹고 산다
사라질 안개라 해도
세상 귀한 것들 다 받아
우려낸 은혜의 향으로
주눅든 가슴이
기지개를 켠다

내 안의 나

내 안의 나는 어린애 같아
내가 미워지네
어서 자라나
떼쓰지 않고
내 안을 청소하며
욕심의 찌꺼기들 씻어 냈으면
내 안의 나는 믿을 수 없어
하늘에서 떨어지는 별처럼
가슴에 꽂히는 말씀 붙들고
무지개 꽃을 피우고 싶다

나는 누구인가?

나를 잊으려고
숲속 깊숙이 거닐다가
물가에 비친 나를 본다
물속에 숨겨진
나는 누구인가?
길 잃은 양이었고
탐욕스런 어릿광대 노릇을 했어도
내 안에 다른 내가 있어
석회화된 가슴이
무너져 내리면서
충성은 방향을 튼다
밤하늘에 사랑의 향기를 뿌리는
별이 되고 싶어라

살면서 이렇게 물어본 적 있던가. '나는 누구인가?' 아무리 뒤져 봐도
기억에 남은 흔적이 없다. 처절히 버림받았거나 죽느냐 사느냐는 기로
에 선 일이 없어서일까. 지금 묻는다: '나는 누구인가?' 배신한 알 껍질
을 깨고 나와 세상을 보고 하늘을 바라본다.

작아지는 나

빌려 쓴 세월이

닳고 닳아

쪼그라들고 작아지는 건

늦게나마 철들라고

젊은 시절 쌓아올린

바벨탑을 허물고

하늘 보며 살라고…

손끝

위에서
붙잡으려는 손끝
손을 내밀면 잡힐 듯
언제 어딜 가도
혼자가 아닌 것을
기도하면 내미는 손길
어두운 가슴을 밝히는 등불

남은 자에게

몸이 떠나도
영혼은 남아서
하고 싶은 말을
전해 줄까 몰라
행복은 찾는 게 아니라
느끼는 거라고
하고픈 일 하고
사랑하며
꿈을 잃지 말라고
보고픈 사람
그리움 품으며
기다리라고

해를 거듭할수록 몸은 작아져도 마음은 무거워지는 건 남은 날들에
대한 두려움 때문일까? 미리 떠난 친구들이 남은 자들에게 하고픈 말
은 무엇이었을까 생각해 본다.

광야의 은혜

숱한 결핍과 뒤틀림으로
눈앞에는 안개만 자욱하여
어디로 가야 할지
헤매다가 지쳐
주저앉아 운다
하늘 향해 불러 봐도
대답이 없다
잊고 산 세월
지금 여기로 이끈
그때가 광야였음을
사랑이 밴 눈물이
광야를 적신다

지우개를 위한 기도

잊혀지지 않는
말 못할 아픔이 있어
가슴속에 싱크홀을 남긴
이름을 지우려고
안간힘을 써도
지워지지 않는다
어떡하나
하늘 향해
두 손을 모으는 수밖에
지우개를 달라고

고백

원망과 증오로
날을 세우다가
양심이 찔려
피를 토한다
사랑으로 피는 멈추고
상처 난 영혼을
눈물로 씻고 또 씻는다

교회에서 예배 드라마에 연기자로 참여하던 어느 날, 피해자 코스프레를 하며 살았던 자신이 가해자였다는 것을 깨달았다. 내가 사는 것이 예수님의 은혜임을, 하나님의 사랑임을…

돌이켜 보니

오늘 하늘을 보며

무릎을 꿇는다

우상을 섬겼고

마음의 살인자였다

아버지에게 돌아온

탕자에게 손가락질하고

송아지를 잡아 잔치를 벌인

아버지를 원망하였다

죄를 피로 씻겨 주신 사랑

눈물로 가슴속에

새 씨앗을 심는다

삶

삶의 문법

삶의 문법을 잊고
사노라니
낯선 자가 낯익은 이를
내쫓는구나
봄 대신 여름이
가을 대신 겨울이
내 안에 산다

이런 하루였으면

무덤덤한 하루보다는
낮에는 파도처럼
저녁에는 노을처럼
밤에는 호수처럼
아침에는 이슬처럼
가슴 떨림이 묻어나는 하루였으면

통증

사랑을 담은
유리 접시가 울고 있다
깨질까 봐 두려워서

땅의 별, 마음의 별

기다리던

4월의 황홀한 눈부심

은은한 향기

땅 바닥에 납작 엎드려

피어난 작은 꽃

땅에도 별이 있구나

별이 하늘의 꽃

가슴에 품은 꿈이

마음의 별

도무지 알 수 없는 신비로

오늘도 휘청거린다

설렘의 오용

이사 갈 때
만져서
설렘 없는 물건은
두고 가겠다는 남편
대뜸 남편 가슴에
손을 갖다 대는 아내
가슴을 쓸어내리는 남편

언제 그런 말을 한 적 있었을까? 까마득한 옛일처럼 잊혀져 '설렘'이란 단어가 생소하게 느껴진다. 하지만 그 단어가 새삼 그립고 소중해져 되찾고 싶은 마음이다. 젊은 교회 목사님이 설교 때 한 얘기가 재미있어 시로 올려 본다.

길 잃은 사랑

은밀히 사랑을 나누던 묘지에는
붉은 장미의 핏자국이 얼룩지고
아픈 가슴 달랠 길 없어
혼자 오르던 언덕길엔
눈물자국만 남기며
못 다 핀 사랑의 꽃이
잠들어 있다

이국땅에서 길 잃은 사랑의 꿈은 영영 피어나지 못한 채 슬피 잠들어 있는 곳 - 튀르키예의 삐에르 로티 언덕 - 을 오르면서 프랑스 장교인 삐에르 로티와 현지 여인의 사랑의 비극을 떠올려 본다. 로티가 본국으로 돌아갔다가 잊질 못해 다시 이스탄불에 왔을 때는 여인은 이미 가족에 의해 명예 살인을 당한 후였다.

인간의 사랑

아름다운 향기면서

잔인한 비수다

웃음의 꽃이며

눈물의 바다다

행복의 울타리면서

불행의 씨앗이다

남는 것은 한줌의

허공이고 허무다

그래도 그대가

사랑하지 않을 수 없다는 걸

안다면

사랑을 후회하지는 않으리

연기자로 참여한 뮤지컬 <홍도야 우지마라> 공연을 마치고 연인들의
사랑이 결국에는 승자도 패자도 없는 파국으로 끝나는 것을 보며 사
랑의 아름다움보다는 어두운 그림자가 더 크게 가슴에 남는다. 뮤지컬
을 본 초등학교 2년생 손녀는 마지막 장면에 충격을 받고 공연이 끝난
후에도 눈물을 주체할 수 없었다.

가는 세월

기다려 주지 않고
뒤도 돌아보지 않고
가는 세월이여
남이야 뭘 하든 말든
자기 갈 길만 가는구나
바람이 불든 파도가 치든
자기 할 일만 하는구나
다른 길로 다니다가
훗날 부르는 날에 만나면
웃으며 이야기 하리라
아름다운 세상
구경 잘 했다고

세월 품은 머리카락

무성했던 나뭇잎들
우수수 낙엽 떨어지듯
민둥산 되어 가는
머리 한복판에서
세월을 읽다가
아파 주저앉았던
창백했던 가슴을
붉게 물들인 추억으로
한 올 한 올 심는다

봄이면 좋겠다

등에 지고 온
지난 세월이야
어쩌랴마는
오는 세월은
가슴에 안고 가리라
몇 봄 남았을까
떠난 곳으로 돌아갈 날
기약 없이 기다리다가
언젠가 부르는 날이
봄이면 좋겠다
개나리, 진달래, 목련이 피는
봄이면 좋겠다

인생

모르는 걸
알아 가는 것
아는 것보다
모르는 게 많다는 걸 아는 것
알던 것도 모르는 것

눈물의 의미

따뜻한 인연이
영영 떠나고 나서야
알게 되는 것
샘물처럼
멈출 수 없는 눈물이
무엇인지를
말보다 더 진한
육수 같은 것

때가 오면 알게 되지, 눈물은 사랑이라는 것을. "사랑해"라고 말하는
것보다 더 진한 향이 우러나오는 육수 같은 것임을.

불편함의 역설

쉽게 편하게 살기보다
불편해도
하고 싶은 걸 찾아가면
행복이 날갯짓하며
가슴에 둥지를 튼다

편하게 살면 좋을 것 같은데 그렇지가 않다. 자기가 하고 싶은 것을 찾아서 배울 때 불편함이 있더라도 나중에 성장의 열매를 보면서 성취감, 행복을 만나는 기쁨이 크다.

최고의 행복

서로 손잡고
기어오르는
담쟁이넝쿨처럼
함께 나누는 웃음
함께 흘리는 눈물

혼자 거대한 벽을 훌쩍 넘어갈 수 있는 게 아니다. 서로 손 잡고 세찬 비바람을 맞으며 함께 울다가 서로 자라면서 벽을 넘어설 때 함께 웃는다.

사랑

세월 따라
기쁨과 슬픔 속에
영글어 가는 열매
어둡고 차가운 가슴
환히 밝히며 어루만지는
따사로운 햇살
지칠 때마다
다가와
살포시 어깨에 얹는 손길
바다보다 깊고
태산보다 높은
남기고 갈 선물로
눈물나게 뜨거운 것

성숙

커질 때 행복의 알을 낳고
익어 가면서 눈물을 나누는 동지가 된다
너와 내가 만나는 경계에서
눈물은 기쁨의 폭포가 된다

역발상

먹고 남은 빵에
피어난 검푸른 꽃
내가 먹은 저 꽃이
나를 삼킬지도 몰라
몸 안을 훑다가
하루가 간다
어쩌랴
몸 안에 꽃동산이나 꾸밀까 보다

주름살

얼굴에 패인 자국이
전쟁의 상흔처럼 아려도
자랑해야 할 것은
고비 고비를 넘기며
받은 세월의 훈장

그림자

묵묵히 더불어 살아온
하늘에서 내려 준 동반자
혼자 있어도 외로운 줄 모른다
변치 않을 나의 벗
나를 지키는 울타리였네

지나고 보니

회색으로 어두웠던 지난날
지나고 보니 아름다워라
켜켜이 쌓인 햇살로
무지개를 그리며
아픈 지난날을 꼬옥 껴안는다

추억의 일생

세상에 태어나

화려한 색깔로

때론 어두운 빛으로

간직되다가

아름다운 꽃이 된다

시들어 갈 땐

점점이 남아 호흡하고

점차 희미해져

뿌연 유리창에 남긴

낙서처럼 멀어져 간다

하늘에 걸린 노을만이

갈 길을 비출 뿐

빈자리

새소리
더 이상 들리지 않고
시간도 멈추어
벽에서 내려오니
휑하니 빈 가슴엔
초겨울 밤
산사의 적막처럼
찬바람만 기웃거린다

오래도록 함께했던 뻐꾸기시계가 수명을 다해 벽에서 내려왔을 때, 그 빈자리가 너무 휭한 느낌이 들었다. 정든 사람만이 아니라 낯익은 물건도 곁을 떠나면 허전해진다는 걸…. 나이 탓일까?

손길

구름은 조는 듯 맴돌고

바람은 나뭇잎을 희롱하니

눈길이 둘 곳을 몰라

눈을 감으면

밀려드는 옛 생각들

지난 세월의 언저리를 들추면

힘들고 아팠어도 아름다워라

곁을 함께한 따뜻한 손길

담요

엄마처럼 푸근하여
스르륵 잠들게 하는
소리 없는 자장가
가슴 스치는
기도하는 여인의
거친 손끝
으스스 몸 시릴 땐
생각나는
엄마 품안 같은 것
그립다 아득한 시절
코끝 맴도는 엄마의 냄새

자연

아침 햇빛

방안을 환히 밝히면
가슴은 하애져
어두운 생각들이
순식간에 달아난다
가벼워진 가슴으로
새로운 하루를
시작하라고 주신
하늘의 선물인가 봐
빈 가슴을
파아란 꿈으로 채우며
미소를 하늘에 띄운다

빛과 그늘

둘은 하나였어
밝게 푸르거나
어둡게 푸를 뿐
등을 맞대고
빛을 나누는 잎
겉보기와 다르게
사이좋게 지내지
둘은 원래 하나였으니까

양극화, 분열이 심한 시대에 살면서 우리 모두의 조상이 아담이었음을
그리고 예수님이 이 땅에 오신 이유를 생각해 본다.

피고 진 자리

꽃이 피고 진 자리
영광의 상흔이 서려 있네
어머니 안 어딘가에
꽉 붙잡고 있던
핏빛 어린 손자국
남아 있을까
숙명이 날개를 달고부터
피고 진 자리가
사라져도
피고 지고
또 피고 진다

장미

너무 어여쁘고 사랑스러워

가까이 다가가고 싶다가도

찔릴 것만 같아

주춤하며 발길 돌리네

어떡하지 아쉬워서

가슴은 이미 찔려

진홍색 피를 흘리며

소리 없이 울고 있다

매미의 울음

나그네 발길을
맞이해 주는 매미 소리
지나온 발자국을
더듬던 나그네
모든 게 때가 있다는 것을
무심한 구름은 행여 알까
하늘을 본다

2025년 여름은 유난히 무더웠다. 맹위를 떨치던 무더위가 주춤하여 모처럼 나가 보니 들려오는 매미 소리가 애처롭게만 들린다. 새삼스럽게 모든 게 때가 있다는 것을 ----. 내려갈 채비를 할까 보다.

숲

얕은 숨소리에만
젖어 있다가
정적이 깃든
깊은 숨소리에
갑자기 경건해지며
영혼은 깊어져
속을 훤히 내놓아도
부끄럽지 않은
옛사람이 된다
이따금
태고의 신비를
깊은 호흡으로
만나고 싶다

비 오는 날

비가 내리네
내 마음을 적시네
절에서 들려오는
관세음보살
관세음보살
세상의 소리를 들으소서
마음 한구석에 돋아나는
귓봉오리

운명

속살 다 드러낸 빗방울
창틀에 매달린 채
나를 바라보다가
낭떠러지 밑으로 떨어지는
비명소리
땀에 젖어 가슴에 배면
눈길은 파란 하늘에 꽂힌다

미련

빛바랜 누런 잎사귀가

간당간당 매달린 채

곡예를 한다

놓아주지 않는 걸까

떠나고 싶지 않아서일까

서로 울고 울다가

잠든 눈물자국이

살을 에는 바람에 전율한다

달의 미소

깊은 밤

외로운 달은

창밖을 서성이다가

쓸쓸한 사람과 눈 맞추면

수줍은 미소로

얼굴을 돌리며

옆으로 비껴가고

멋쩍어진 사람은

그 미소, 가슴에 꽂혀

뒤척이며

잠 못 이룬다

누워서 본 하늘

옛 시절
잔디에 누워
웃음꽃 피우며
하늘을 바라볼 땐
파아란 꿈이
어른거렸는데
인생길 굽이굽이
홀로 평상에 누워
하늘을 바라보니
텅 빈 아픔만
가슴을 채운다
그리움을 어쩌랴
바람에 미소를 띄우며
우네

소나무

듬성듬성 난 누런 솔잎은
몽땅 내주고 남긴
사랑의 흔적인가
먹먹해진 가슴은
떠나길 머뭇거린다

늘 변함없이 맞아 주며 품어 주는 소나무처럼 말없이 느낄 수 있는 사랑. 나이가 들수록 이런 사랑이 좋다. 사랑한다고 말하지 않아도 사랑을 느끼는 그런 사랑이--.

하루의 인연

불그스레 낯을 붉히며
서산으로 넘어가는
둥근달
흰 구름 뿌려 놓은
코발트색 하늘
뻘겋게 익어 가는 노을을
머리에 이고
하루를 넘어간다
가장 아름다운
작은 추억을 붙들고

5월의 태양

찬란한 빛이어
가슴속을 환히 밝혀다오
너무 눈이 부셔
악의 무리들
아우성칠 때에
가슴이 운다
짙어진 신록이 품으면
어느새 아기처럼 잠든다

카르페 디엠

바람이 살랑살랑 불고
색깔이 서서히 무르익으면서
언제 숨 막히던 계절이
있었나 싶게
지난날을 그늘이
비단 카펫처럼 드리운다
오늘을 붙잡고
마음껏 누리다가
가슴에 한줌 남겨 둬야지

카르페 디엠(Carpe diem), 하루를 붙잡으라는 라틴어다. 하루하루, 순간 순간을 최선을 다하며 살라는 뜻을 담고 있다. 이런 하루를 실컷 누리 고 조금이라도 가슴에 남겨 두면 더워서 숨 막힐 때 견디기가 낫지 않 을까 싶다.

은혜

비 온 다음 날
나뭇잎들이 풋내를 풍기며
깃을 빳빳이 세우고 있다
하늘에서 내려 준 말씀
지친 몸과 굽어진 마음을
꼿꼿이 일으켜 세운다

석양

누가 저녁 때

하늘에

뻘겋게 달아오르는

숯불을 올려놓았나

눈가가 뜨거워져도

보고 또 본다

시작보다 끝이 아름다운

하늘의 꽃밭

나목

찬바람이 불어도
실오라기 하나
걸치지 않고
부끄럼 없이
하늘 향해 우뚝 서 있다
때 묻은 옷을 벗고
향기 나는 새 옷으로
갈아입고 싶은 몸부림인가
늦게야 철든
어둠에 갇힌 가슴은
속을 빛에 드러내며
뜨거운 눈물로
묵은 때를 씻어낸다

빗방울

창가에 맺힌 너
눈가에 맺힌
손녀의 눈물방울을
닦았다
하늘은 뭐가 슬퍼
저리도 눈물을 쏟아내는가
찢겨진 평화
짓밟힌 자유
뜨거운 사랑이
꿈틀거린다

계
절

봄의 유혹

기다리지 않아도
따뜻한 미소로
찾아온다
상큼한 향기를 뿌리는
바람에 이끌려
오솔길을 혼자 걷는다
어린 꿈을 심으며
설렘으로 키우던 열정
오랫동안 망각 속에서
꽃이 피어나는 신기함
그때도 내 안에
기다리지 않던
봄이 왔었나 보다

봄바람

숨어 살던 생명들이
고대하던 희망의 바람
쪼그라든 가슴을 부풀려
꺼질 듯한 꿈의 불꽃을
다시 지핀다
가슴이 얼어붙을 때마다
꼬옥 끌어안으며
녹여 보련다

오는 봄

들락날락

보일 듯 말 듯

정을 줄 듯 말 듯

애간장 태우다

무슨 마음으로 다가와

내 가슴에 안길까

무슨 생각이 그리 많았을까

속내 보이지 않고

환히 웃는 얼굴에

그저 웃을 수밖에

봄비

마른 대지를 적시며
앙금을 씻어 준다
지우지 못 했던
아픔이 다시 살아나
가슴을 찌르면
옛 그리움을 실은
열차를 타고 달랜다

벚꽃

요란스럽게 흩뜨려져
마음을 산란케 하는
그대여
무슨 계획이 있길래
잠잠히 지내다가
지금에야 이토록
나를 흔드는 거요
소리 없이 시선을
빼앗아 가더니
이젠 향기에 취해
휘청거리며
갈 길마저 잃었구려
나는 어떡하라고
어떡하라고

시가 잠자는 봄

구슬비가 내리고
새들이 재잘거리고
벚꽃은 물이 올라
화사하게 웃고 있는데도
시상은 잠들어 꿈쩍 않는다
하늘 향해
나의 영혼을 흔든다
얼어붙은 가슴 녹여
잠든 봄 깨우려고

오월

신록은 대지를 가득 채우고
더 커진 태양은
어둠을 구석구석 밝히고
개미들은 내일을 위해
땀 흘리며 오늘을 바친다
나이든 사람은
청춘을 떠올리며 외쳐 본다
오월이여, 영원하여라~

시와의 만남

보슬비가 내리는 날
시를 만나고 싶었다
눈을 치켜뜨고
귀를 세우고
코를 벌렁대고
입을 다시기도 했다
곳곳에 깔린
시의 재료들이
바람에 묻혀
5월 정오
영혼의 허기를 채운다

신록의 재상봉

오랜 기다림 끝에 온
눈부신 유혹
얼마 못 가
마음 구석구석
푸르른 물결 넘실댄다
뜨거워진 가슴은
뜻도 모르면서
청춘을 노래하던
때를 떠올리며 웃는다

가을 문턱

소리는 낮아지고
색깔은 요란하지 않으며
하늘은 날개를 단 듯 높아져
숨 쉬기가 편하다
달아올랐던 대지는 식어
평온이 스며들고
미소 짓는 바람은
입술을 스치며
살포시 가슴에 안긴다

가을은 어디에

오자마자
흔적만 남겨 두고
가 버린 가을
두고 온 님이
그리워서일까
기다리던 나는
어떡하라고
땅을 보고
하늘을 보며
가을을 불러 본다
행여나 돌아설까
하고픈 말도
가슴에 묻어 둔 채

잃어버린 가을

낙엽을 밟으면
부서지는 가을소리
마음이 갈 곳을 몰라
서성이면
애타게 울부짖는
까마귀 소리
지나간 가을이
까물까물 되살아나
메마른 가슴을
촉촉이 적신다

겨울 같은 가을

사랑이 멀어져
깊어지는 그리움이
긴 그늘에 파묻혀
흐느껴 운다
함께해서 따뜻했던
체온은 식어 가고
무언가 잃어버린 듯
두리번거리다가
옛 추억의 단상을
주머니에 찔러 넣으며
아, 춥다
겨울이 아닌데

슬픈 계절

도토리가, 밤송이가
땅을 치며 울고
나뭇잎은 소리 없이
고향을 떠난다
황혼 빛에 물든 가슴은
서산으로 넘어가길
머뭇거린다

계절의 소리

우수수

바스락

하마터면

한 페이지 빼먹고

넘겼을 계절의 소리

늦게나마

가슴 풀어 찾아 나서도

무심한 냇물 소리에 묻혀

마음에 묵혀 둔

잎사귀 한 장을

조심스레 끌어안는다

눈 내린 아침

밤새 하늘에서
하얀 꽃이 내렸네
복스런 하얀 꽃이
가지가지에 피었네
꿈속에서 본 천사가
우릴 만나러 왔나 봐
시꺼멓게 멍든 땅도
씻겨 주려고
하얀 꽃을 뿌리면서
내려왔나 봐

겨울의 신비

꽃 피고 진 자리에
눈송이들 내려와
꽃이 되었네
얼어붙은 가슴에
미소가 피어난다

암으로 인한 고통과 두려움이 있었지만 하나님의 사랑 안에서 제한보다는 자유를 누릴 수 있다는 것을 깨달았다. 하나님과의 연대로 막연한 두려움에서 벗어나 다른 암 환자들을 더 이해하고 자신을 도구로 해서 그들과 일반인들에게 영성의 의미와 역할을 이해시키는 데도 도움이 되었다. 이런 경험은 죽음을 맞이할 때도 두려움보다는 확장되는 새로운 세계를 경험하게 될 것이란 기대를 갖게 해준다.

공교롭게도 전립선 암 진단을 받고 뮤지컬 공연을 시작해서 네 차례 공연을 마쳤다. 『몸과 마음과 영성』이란 제목의 책을 발간하였고, 이번에 세 번째 시집을 펴내게 되었다.

옆에서 뒷바라지해 준 아내에게 감사하는 마음을 전하고 싶다.